浪花朵朵

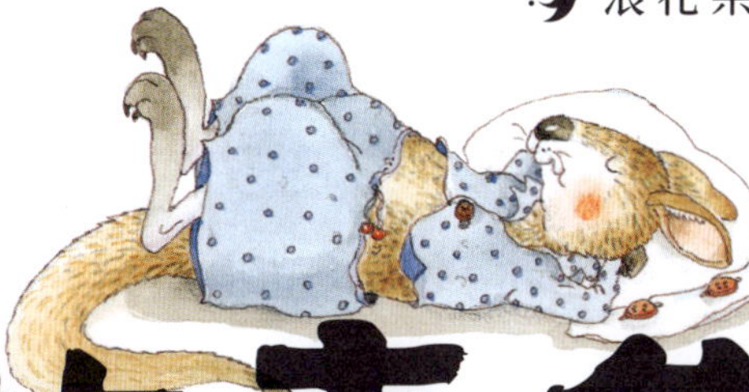

[意] 丹尼拉·德·露卡 著　姚含钰 译

祖母的动物故事集

花山文艺出版社
河北·石家庄

图书在版编目（CIP）数据

祖母的动物故事集 / (意) 丹尼拉·德·露卡著 ;
姚含钰译. -- 石家庄 : 花山文艺出版社, 2019.12（2024.2 重印）
ISBN 978-7-5511-5007-1

Ⅰ. ①祖… Ⅱ. ①丹… ②姚… Ⅲ. ①儿童故事-图画故事-意大利-现代 Ⅳ. ①I546.85

中国版本图书馆CIP数据核字(2019)第246057号
冀图登字：03-2019-151号

书　　名： 祖母的动物故事集
ZUMU DE DONGWU GUSHI JI
著　　者： [意]丹尼拉·德·露卡
译　　者： 姚含钰
选题策划： 北京浪花朵朵文化传播有限公司
出版统筹： 吴兴元
编辑统筹： 冉华蓉
责任编辑： 温学蕾
责任校对： 李　伟
特约编辑： 康晴晴
美术编辑： 胡彤亮
营销推广： ONEBOOK
装帧制造： 墨白空间·闫献龙
出版发行： 花山文艺出版社（邮政编码：050061）
（河北省石家庄市友谊北大街 330 号）
印　　刷： 天津图文方嘉印刷有限公司
经　　销： 新华书店
开　　本： 990 毫米 × 1030 毫米　1/16
印　　张： 16
字　　数： 192 千字
版　　次： 2019 年 12 月第 1 版
2024 年 2 月第 6 次印刷
书　　号： ISBN 978-7-5511-5007-1
定　　价： 158.00 元

读者服务： reader@hinabook.com 188-1142-1266
投稿服务： onebook@hinabook.com 133-6631-2326
直销服务： buy@hinabook.com 133-6657-3072
官方微博： @ 浪花朵朵童书

目录

前言

这本书里有八个故事，主人公是来自世界各地的小动物们。在每一个故事中，我们将跟随一个当地具有代表性的小动物的脚步，和生活在同一环境下的其他动物朋友们见面。这些小主角们的原型是真实存在的动物，不过故事情节却是想象出来的。在阅读这些小主角们的冒险经历时，你会读到许多跟他们有关的信息以及有趣的科普知识，从中可以了解这些真实动物的全部生活。

在这些故事里，你会遇见一头来自北极的北极熊，一只来自北美洲的河狸，一只来自欧洲的狼，一只来自亚洲国家印度的老虎，一只来自南美洲的食蚁兽，一头来自非洲的大象，一只来自澳大利亚灌木林的袋鼠，还有一只来自寒冷南极的企鹅。

北极圈

北极熊玛蒂

非洲

小象莉齐

北美洲

河狸奔奔

南美洲

食蚁兽乔希

亚洲

老虎西莉亚

欧洲

小狼哈利

澳洲

袋鼠巴斯特

南极洲

企鹅鲍勃

楚科奇海
俄罗斯
北极区
加拿大
北极
戴维斯海峡
格陵兰岛
斯瓦尔巴群岛
格陵兰海

北极熊

玛蒂

北极熊整个冬天都在睡觉吗？

成年的雌性北极熊要生小宝宝的时候，就会冬眠了。它们会在雪堆里挖一个洞穴，在里面睡上长长的一觉，然后生下它们的小熊宝宝。对于小熊们来说，舒适的洞穴是一个安全又温暖的家。雄性北极熊是不冬眠的，一整年都很活跃。

北极熊妈妈突然惊醒了。她睡了很长很长的一觉，有些搞不清现在是哪月哪天了。“好吧，都已经过了九点钟了，小玛蒂肯定想要吃早饭了。”她想。可是她的熊宝宝仍然睡得又香又甜。“我最好看看我们还剩下什么吃的。我一整个冬天都没有出去过了。”她自言自语、嘀嘀咕咕道。

甜蜜之家

当北极熊在洞穴里睡大觉的时候，北极岛的春天已经来了！白鼬夫人正带着她的孩子们在雪地里散步。“不要在北极熊的洞穴附近玩闹！”她警告孩子们。但是趁妈妈不注意，调皮的厄尼还是会不管不顾地去炫耀他新学的滑雪技术。

所有的北极熊洞穴都一样吗？

北极熊洞穴的形状和大小各不相同，还会因风吹来的、落在洞穴顶端的新雪而发生改变。在那些风非常大的地方，洞穴的入口处甚至会堆起一座小雪山。

北极熊生活在哪里？

北极熊生活在北极区，那是围绕北极点的冰海区。它们主要生活在浮冰的边缘。

“哦，天哪！除了几根剩下的鱼骨头，洞穴里面没有别的东西可以吃了。”北极熊妈妈心想，“这点东西可不够一头正在长身体的小熊吃。”这时，玛蒂醒了。“妈妈，我快饿疯了！”她打着哈欠说，“早饭吃什么呀？”

北极熊吃什么呢？

北极熊宝宝光喝妈妈的奶就够了。长大一点后，北极熊的主食是环斑海豹。它们也会吃旅鼠、水䶄、小鸟，以及海象的幼崽。

甜蜜之家

北极熊宝宝都很小吗？

是的。和它们妈妈的体形相比，北极熊宝宝实在太小了。北极熊宝宝刚生下来时，既看不见也听不见，身上的毛也很薄。北极熊妈妈得帮它们取暖。

北极熊妈妈会不会生双胞胎？

会。事实上，北极熊妈妈有大约四分之三的概率会生双胞胎。有些北极熊妈妈只生一个宝宝，偶尔也会生三胞胎。

北极熊妈妈和玛蒂要去海象沃利家的商店里去买点吃的。“我们最好穿得暖和点儿。”妈妈一边说着，一边帮玛蒂拉上外套的拉链。

在出发以前，北极熊妈妈瞟了一眼镜子里的自己。她很满意自己新买的绿色大衣。当她们在冰面上行走时，脚下的冰块儿发出嘎吱嘎吱的声音。

为什么北极熊不会在冰面上滑倒呢？

因为北极熊大大的脚掌可以充当“雪地靴”。它们的脚掌上有又短又尖的爪子，还有毛茸茸的小肉垫，可以帮助它们在冰面和雪面上走得稳稳当当的。

海象沃利今天可忙了。他心情好极了，一边分发着糖果，一边骄傲地告诉所有人他刚刚做爸爸了。“我们可以瞧瞧小宝宝吗？”北极熊妈妈礼貌地问道。“当然可以了！”沃利说。

她们不是唯一的客人。海豹夫人和她的女儿茜茜也来了，还有海豹夫人刚出生没多久的小宝宝。

北极熊妈妈给这些刚生了小宝宝的妈妈们道了喜，然后她们就开始大聊岛上的家长里短。不一会儿，玛蒂和茜茜就觉得没意思了。“我们去外边玩吧！”玛蒂小声说道。于是两个小家伙就悄悄地溜出了房间。

所有的北极熊都很会游泳吗？

是的，成年北极熊都是很厉害的游泳高手，可以游很远都不用休息。小小的脑袋和长长的脖子让它们拥有了流线型的身体。它们甚至能够一口气在水下游两分钟。

北极熊怎么弄干自己的身体？

游完泳以后，它们会摇晃自己的身体，厚厚的毛发就把水滴都甩掉了。

站在室外的冰面上，玛蒂告诉茜茜她正在学芭蕾。“我跳给你看吧！”玛蒂说着就脱掉了外套。茜茜吃惊地发现原来玛蒂已经做好了跳舞的准备——她的外套里面是一身芭蕾舞蹈服。玛蒂的粉红色舞蹈服是紧身的，她看上去就像真正的芭蕾舞演员一样！

玛蒂先是摆了一个阿拉贝斯克舞姿，当然，那是个圆滚滚的阿拉贝斯克舞姿喽！她又做了一个皮鲁埃特旋转，以及几个小跳步。她踮着脚在冰面上滑过来又滑过去。突然，冰面发出一阵响亮的碎裂声——断掉的浮冰带着玛蒂漂走了。

“哦，不！”茜茜大叫起来。

什么是冰山？

冰山是从冰川和冰架上碎裂下来的大块浮冰。它们是浮动的，而且只有顶部会露出水面，其他部分都隐藏在水面以下。

玛蒂和浮冰越漂越远，一会儿就不见了踪影。玛蒂的妈妈被眼前发生的一切吓坏了。北极兔奶奶说：“我的天哪，我不知道现在还有谁能救她了！”北极兔爷爷说：“我的天哪，我也不知道！”

冠海豹们伸出了援手，但他们能做的也就是帮玛蒂从水里捞起她的小泰迪熊。玛蒂抓住小泰迪熊，又漂远了。北极狼先生说：“跳太多舞啦！”北极狐夫人说：“站太靠边啦！”燕鸥在上空飞过，尖声叫着：“好吓人的场面啊！”

北极熊宝宝
会面临哪些危险？

在冰面上摔一跤就可能会使北极熊宝宝受伤。万一摔断了一根骨头，它就可能再也跟不上妈妈的步伐了。然而它必须紧紧跟着妈妈，因为成年的雄性北极熊有时会杀掉北极熊宝宝。

海鹦们发现玛蒂现在遇到真正的危险了。一头体形巨大的北极熊用两条后腿站立起来，怒吼着举起了有力的爪子。他看上去能把玛蒂和她的泰迪熊一口吞进肚子里。

幸运的是，强大的海流把玛蒂带走了，那头怒吼着的大熊已经够不着她了。但在玛蒂明白这一点以前，她已经撞上了一座从海里缓缓升起的灰色大山。

“也许这是一座新的北极岛吧。”玛蒂想。

北极熊真的在浮冰上旅行吗？

千真万确。到了夏天，冰面就会融化，变成一块一块或者一片一片的浮冰。成年北极熊就会跟着这些浮冰四处漂流。浮冰也有碎掉的时候，所以雌性北极熊必须一直照看着它们的小北极熊宝宝，把它们紧紧地带在身边。

“这座岛好软呀，”玛蒂想，“还滑滑的！”她好不容易才抓紧了这座移动的岛。

但这哪里是什么岛啊！幸运的玛蒂发现自己被妈妈的一个老朋友救了——一头热心的、非常熟悉这片水域的鲸鱼！“你叫我温迪阿姨吧，”她对玛蒂说，“我这就带你回家。”

看到玛蒂安全无事，大家都非常高兴。玛蒂向岸边鞠了一躬，海豹茜茜忍不住用她的脚蹼鼓起掌来。北极熊妈妈已经等不及要给她的宝贝一个大大的、毛茸茸的拥抱了。

北极熊宝宝会跟妈妈一起生活多久呢？

北极熊宝宝两岁以前都会跟妈妈在一起。两岁以后，当它们学会了打猎，就可以离开妈妈独自生活了。

当她们回家后，北极熊妈妈抱着玛蒂开始读睡前故事，这些故事是祖母留下的。躺在妈妈的怀里，玛蒂实在太开心了，以至于离故事的幸福结局还有一大截的时候，她就已经睡着了。

你知道吗？

世界上有许许多多不同种类的熊。它们分布在世界各地，从北极区到北美洲、南美洲，从欧洲到亚洲，都有它们生活的踪迹。

北极熊　　北极熊幼崽

美洲黑熊

棕熊

北美灰熊（棕熊下的一个亚种）
懒熊
马来熊
亚洲黑熊
眼镜熊

下面是玛蒂和她的一些动物朋友们。他们都住在北极区，那是接近北极点的世界顶端。你找到玛蒂了吗？你认得她的这些动物朋友吗？

北极燕鸥
玛蒂和小泰迪熊
海象
shè
麝牛
环海豹
白鲸
白鼬
北极狐
北极兔
旅鼠

北极区
格陵兰岛
波弗特海
加拿大
阿拉斯加山脉
拉布拉多海
太平洋
美国
大西洋
墨西哥

河狸

奔奔

在小屋里，河狸妈妈正在做蕨叶蛋糕，她的那些年龄还小的孩子们都在帮忙，除了奔奔。奔奔在做什么呢？原来他正在恳求爸爸带他一起去柳树林里探险。“对不起，奔奔，但是你实在太小了。”爸爸解释道。奔奔的哥哥姐姐们兴高采烈地聊着天，他们已经做好出发的准备了。

河狸是以家庭为单位生活吗？

没错。一个河狸家庭由河狸爸爸、河狸妈妈，还有它们的孩子组成。它们会在一起生活很多年。

河狸喜欢吃什么？

它们喜欢吃鲜嫩的树皮、树根、嫩芽、蕨叶、青草和藻类植物。它们尤其爱吃杨树叶和柳树叶。

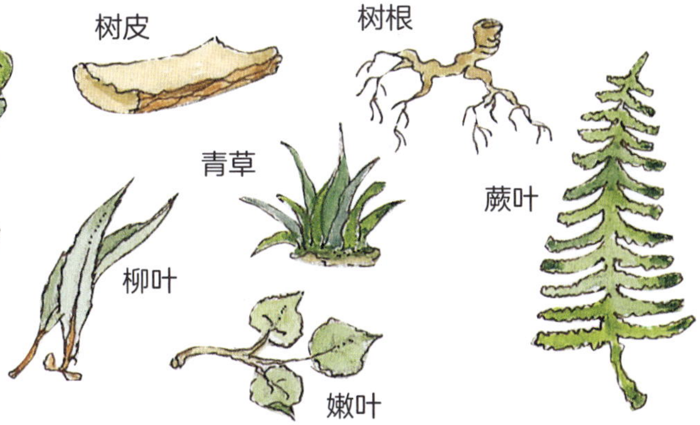

在一个美丽的秋天傍晚，河狸们聚集在小屋里，做好了去探险的准备。

河狸真的住在湖泊中央的水坝里吗？

是的。它们会用树干和树枝建一座水坝，围出自己的池塘，然后在池塘里建造居住的小屋。住在这样的小屋里十分安全，它们能远远地躲开敌人的捕杀。

河狸爸爸拥抱了他的妻子，跟她道别：“我不在的这些时间，如果出了什么事，你就把红旗高高地挂起来。”说完，他就带着奔奔的哥哥姐姐们穿过水下通道出发了。

奔奔打算悄悄跟着他们，
就试着从小屋的边上溜出去，
没想到却被树枝给缠住了。

奔奔好不容易才从树枝里挣脱出来，就赶紧去追爸爸和哥哥姐姐们。这时天已经黑了，但是在月光的照映下，湖面上仍有光亮。前方隐隐约约传来家人们的说话声，奔奔朝着声音的方向快速游去。

不久，天开始哗啦啦地下起了大雨。

树林里，一双双眼睛从黑压压的枝叶里探出来，河狸爸爸和孩子们似乎被这些眼睛包围了。忽然，一只猫头鹰叫了一嗓子，小河狸们吓得跳了起来。“别怕，”爸爸对孩子们说，“他们都是我们的朋友。”

奔奔终于游上了岸，接着走进了黑暗的大森林。一开始，他感到有些害怕，等他来到一片有光的空地时，很惊喜地发现原来周围都是他的朋友。

仓鸮
姬蒂和她的宝宝们
飞蛾
山姆和可里克
水獭
亨利
浣熊
卡洛
狐狸　狐狸夫人和戴德丽
狼先生
蜥蜴
泰德
奔奔
臭鼬
沃利

负鼠
珍和她的宝宝蒂姆
野兔一家
松貂　班杜拉
棕熊　克里斯平和小瞌睡

啄木鸟 威西
鼯鼠 杰克里
豪猪
阿龙
霸鹟一家

河狸真的能把大树啃倒吗？

是的。它们会围着树干的底部一圈圈啃咬，直到整棵树倒下来。然后，它们用树干去建造水坝，或者把树干当作食物来吃掉。

河狸的牙齿会不会停止生长?

不会，它们的牙齿会一直长啊长啊，没完没了。为了保持牙齿健康，它们得一直啃东西。就这样它们的牙齿成了完美的工具，不管是伐树还是吃东西，都特别好用。

过了一会儿，奔奔终于追上了爸爸和哥哥姐姐们，他们正忙着收集柳树的枝叶。雨越下越大了，奔奔爬上一块大岩石，眺望远处的家。“爸爸，快看！红旗！”奔奔喊道，“妈妈一定有麻烦了！”他的心情糟透了，要是他留在妈妈身边就好了，还能帮上妈妈的忙。爸爸听到后急忙往家赶，奔奔和哥哥姐姐们紧随在后。

小屋被水淹没了。河狸妈妈和小宝宝们只能待在屋顶上。他们抓着仅剩的几件物品，家里大多东西都被冲走了。“不要担心，小家伙们！”妈妈安慰道，“救兵马上就到了！”

果然，河狸爸爸、哥哥姐姐们现在正骑着一根大圆木，马不停蹄地往家赶呢，他们来搭救河狸妈妈和小宝宝们了。

河狸宝宝真的会游泳吗？

是的。河狸宝宝出生几个小时后就会游泳。不过，它们实在太小了，身上又毛茸茸的，很难潜入水底。要等再长大一点儿，它们才能游过水下通道，离开小屋。

河狸宝宝会在小屋里待多久？

河狸妈妈会细心照料河狸宝宝长达六周的时间。家里的成员，特别是雄性河狸，会把食物带回小屋给宝宝们吃。很快，河狸宝宝们就会去湖里游泳了，但它们每天早晨都会回家睡上一个白天。等到两岁左右，它们就会真正离开父母的家，开始自己的生活。

不久，雨停了，天边出现了一道美丽的彩虹。小河狸们帮着爸爸把大圆木推进池塘做成了堤坝。水不再涌向池塘了，所有的河狸都高声欢呼起来。

河狸建造的水坝有多大呢？

河狸建造的水坝很大，长度一般在4米到90米之间，高度可以达到3米。

河狸真的会修护水坝吗？

是的，河狸每年都会修护它们的水坝。有些水坝甚至被认为已经建成好几百年了。大部分修护水坝的工程都是在春天和秋天完成的，那时候的水位比较高。

河狸一家的邻居朋友们全都来帮忙了，他们收集了很多树干和枝条，并把这些东西带到了湖中央。河狸一家的表亲们也从远方赶过来帮忙。很快小屋就重新建好了。

河狸宝宝们太小了，帮不上什么忙。他们很快就找到了乐子。奔奔和他的表妹纳塔莉把一颗松果当作球，打起了“羽毛球”，他们还用自己的尾巴做球拍哩！

河狸一家是一起建造水坝和小屋的吗？

是的。成年的雌性河狸是最忙碌的“建筑师”。而河狸宝宝们要长到至少一岁，才能参与建造工作。

河狸生活在世界上的哪些地方？

河狸生活在北美洲，欧洲的东部、西部以及斯堪的纳维亚半岛，中亚，以及中国的西北部。在北美洲，河狸几乎被猎人捕杀光了，但现在被重新引进了。

小屋完工后，河狸们决定举行一场派对庆祝一下。而奔奔此时正在门前躺着看星星呢。天已经很冷了，到处都覆盖着一层薄薄的雪，在夜色中闪闪发光。“奔奔，进来吧，里面暖和，”爸爸温柔地说，“那些星星明天还会有的。”

在小屋里面，正在举行一场盛大的派对——有美食，有音乐，还可以跳舞。能够平安地欢聚一堂，每个人都开心极了！

你知道吗？

和所有河狸一样，奔奔属于啮（niè）齿动物。啮齿是一个非常庞大的群体，目前世界上大约生活着两千多种啮齿动物，分布在世界各个角落。很多啮齿动物，比如家鼠，生活得离人类很近，经常被认为是害虫。

睡鼠

松鼠

毛丝鼠

河狸鼠

北美豪猪
（美洲豪猪的一种）

家鼠
水鼠
奔奔
仓鼠
沙鼠
旱獭
豪猪

图中是奔奔和他的一些动物朋友，他们都生活在北美洲。你能找到奔奔吗？你认识他的朋友吗？

白头海雕
美洲野牛
驼鹿
美洲狮
郊狼
浣熊
奔奔
艾草松鸡
臭鼬
yǎn
鼹鼠
短吻鳄

冰岛
北海
挪威
瑞典
芬兰
俄罗斯
爱沙尼亚
拉脱维亚
立陶宛
丹麦
爱尔兰
英国
荷兰
比利时
波兰
白俄罗斯
德国
乌克兰
捷克
斯洛伐克
法国
奥地利
匈牙利
斯洛文尼亚
罗马尼亚
黑海
意大利
保加利亚
葡萄牙
西班牙
希腊
土耳其
地中海

小狼

哈利

狼都吃些什么？

狼会捕捉一些动物来吃，比如马鹿、野山羊、兔子、河狸、老鼠，还有鸟。它们也会吃腐肉以及一些野果，包括莓果。

一天下午，在森林的深处，狼妈妈和狼宝宝卡米拉正在采摘一些莓果当晚饭吃。忽然，她们听见灌木丛里传来一阵陌生的、难过的抽泣声。狼妈妈拨开了一些树叶，不由得大吃一惊！灌木丛里竟然有一只孤零零的小狼宝宝。“您好，”小狼宝宝哽咽着说，“我叫哈利。”

你听过狼孩儿的故事吗？

罗马神话中有这样一个故事：罗马的主神玛尔斯和一个女人生下一对双胞胎男孩儿。可是玛尔斯的一个仇敌知道后，就下令把这两个男孩儿扔进台伯河里。幸运的是，执行命令的仆人不忍心这么做，就把他们放在了岸边。一只母狼发现了这两个男孩，用乳汁养活了他们。母狼一直用心地照看这对双胞胎，直到一位善良的牧羊人收养了他们。两个男孩长大后既强壮又聪明，他们杀死了敌人，还在台伯河岸当年母狼喂养他们的地方建起了一座小镇，这座小镇后来变成了伟大的罗马城。

狼妈妈非常同情这个小家伙，决定收养他。与此同时，斯文舅舅发现了一只瘦小的鸡，是被人类连同垃圾一起扔掉的。

狼妈妈把哈利抱在怀里，和卡米拉还有斯文舅舅一起往森林里的家走去。

狼群是什么样的？

居住在一起的一群狼组成了狼群。狼群通常以家庭的形式组成，包括狼夫妇和它们的孩子，以及一些其他的亲戚，有时也包括收养的幼狼。

“家里的其他人就住在那个大圆木后面，”妈妈告诉哈利，“我们马上就到啦。然后，你就可以好好地休息休息，吃点东西。你一定很饿了。”

家族里的其他成员都在忙碌地准备着晚餐，要做的事情实在太多了。火上还正烤着一只兔子。大家都希望狼妈妈和斯文舅舅能带回更多的食物。

狼妈妈知道，大家会欢迎哈利加入这个大家庭的。虽然有时候家里的食物不多，但是他们喜欢和别人一起快乐地分享。而且小狼们也希望有更多的朋友一起玩耍。

第二天一大早，大家就被一阵可怕的轰鸣声给吵醒了。跑出去一看，眼前的景象把他们吓坏了：人类又来了！他们正在附近不停地砍树，打算在这里盖房子、建农场。“我们该怎么办啊？”哈利喊道，“我们要没地方住了！”

狼生活在世界的哪些地方？

在欧洲、亚洲和北美洲的森林里，都有狼的身影。过去，狼有充足的活动空间，但是随着人类不断扩张自己的地盘，它们活动的区域变得越来越小了。

“我们该怎么办呢，河狸夫人？”哈利问。

可是河狸夫人也不知道。

就连鼹鼠罗德尼都被难倒了。

“我们该怎么做呢，狐狸先生？”哈利问。但是狐狸先生也不清楚。

后来，哈利遇见了野猪乔治。乔治告诉他可以去沼泽地问问白鹭西蒙。乔治说：“西蒙先生是一位见多识广的旅行家。”

我们如何知道狼的心情呢？

狼用肢体语言来表达心情。

正常

警觉

威胁

发号施令

顺从

放松或者是完全服从

哈利在沼泽地找到了西蒙先生。西蒙先生悲伤地摇摇头说：“这个世界变了。”

不过西蒙很快就有了主意：“你们和我一起去北方吧，你回去和家人收拾一下行李。等收拾好，我们就出发。”

等到狼群把行李收拾好，再堆放到手推车上时，已经是晚上了。白鹭西蒙在他们的头顶上飞着，为他们引路。狼群踏上了去北方的漫漫长路。他们希望能在那里找到一个安宁的新家。

哈利的爸爸是狼群的领袖，哈利感到很兴奋，他紧紧地跟在爸爸身后。

当狼群向北方缓缓前进的时候，天气越来越冷并开始下雪了。他们离身后的村庄越来越远。在他们经过一片森林时，小松鼠萨米看见了他们。萨米看着小狼一家慢慢走远，有些难过。他挥手向大家告别，目送他们消失在地平线。

世界上有不同种类的狼吗？

狼只有一个种族，但是它们有很多的分支。不同的分支在身材大小和毛的颜色上有很大的不同。哈利和他的朋友们是灰狼。

狼真的能走这么远的路吗？

狼非常擅长走远路和跑步。它们有充足的体力。科学家曾经跟踪了阿拉斯加的一个狼群。它们在六周以内走了1130千米的路。

他们走了很久，又遇到了乌鸦拉斯塔，拉斯塔向他们叫起来。狼群不知道的是拉斯塔正看护着熊妈妈和她刚出生的熊宝宝呢。在冬雪覆盖下的洞穴里，他们既安全又暖和。

走了这么多路，哈利感觉很饿。他想抓一只刺猬来吃，但是刺猬很扎手！爸爸很幸运，他出其不意地抓住了一只鹿。

狼群真的会有领袖吗？

是的。通常来说，一个狼群会由一对狼夫妇来领导，它们被叫作“头狼”。其他的狼都得听它们的。

狼是怎么捕猎的？

狼通常独自行动，不过当它们想抓大点儿的动物，比如一只鹿，就会以小队的形式一起行动。它们先把猎物包围起来，然后缩小包围圈，让猎物无路可逃。

最后，白鹭西蒙带着狼群来到了一片森林，在这里他们可以重建自己的家园。他们走进一片空地，打算先休息一下。但就在这时，一只大狼出现在了树林里。

狼为什么会对着月亮嗥叫？

它们通过嗥叫来宣示领地。这样，其他的狼就不会来了。

我们能从一只狼的面部表情读出什么？

一只生气的狼会露出它的牙齿低吼（左图）。当它向另一只狼投降的时候，它会垂下耳朵，闭上嘴巴（右图）。

“你们在这儿做什么呢？”那只大狼低吼着，“这是我的森林！你们现在就给我出去！”

每一个狼群都有自己的领地吗？

一般来说是这样的。每个狼群都会有一片领地，狼群的成员就在这片土地上捕猎。领地的边界会随着季节变化而发生一些改变。通常情况下，外来的狼并不受欢迎，有时还会引起一场争斗。有些孤狼曾经尝试组建自己的狼群，但是最后都失败了。

哈利爸爸也是一只又大又强壮的狼。两只狼就这样争斗起来。

哈利在他们身边又蹦又跳，一边挥舞着手臂，一边向那只大坏狼大声喊叫。他帮助爸爸赢得了胜利。

当狼打起架来的时候，会发生什么？

当两只狼相遇的时候，它们的举动非常像狗。开始，它们会互相打量一番。

然后，它们通常会碰碰鼻子，闻闻对方的气味。

如果它们不喜欢对方的气味，它们就会低低地吼叫。

接着，它们跳起来，开始打架。

当一只狼打赢了，另一只狼就会仰面朝天地躺倒在地上，向胜利的一方投降。

狼群终于有了一个安全的新家了。狼爸爸和斯文舅舅出去打猎了，狼妈妈和弗洛茜阿姨便留下来扎营。在吃了一顿美味的晚餐之后，狼妈妈便把小狼们都哄着睡着了。哈利非常开心，但他实在太累了。躺在妈妈的怀里，他很快也香甜地睡着了。

狼宝宝们都睡着之后，狼爸爸和狼妈妈一起向远处眺望着整个峡谷。在他们的视线里，一座农舍都没有。他们再也不用担心被人类打扰了。“真是一个养娃儿的好地方啊！”狼妈妈说道。

狼宝宝在什么时候出生？

狼宝宝一般都在暮冬或者早春的时候出生。刚生下来的狼宝宝住在洞穴里，平时只喝妈妈的奶。几周之后，它们才会离开洞穴，跟着狼妈妈或者狼群里的其他成员外出，这样可以得到充分的保护和照顾。狼宝宝大部分的时间都在玩耍和睡觉。

斯文舅舅也很高兴。杰克舅舅嗥叫起来。这样，其他的狼就能知道这片土地是他们的新家了。

郊狼

胡狼

你知道吗？

哈利和其他的狼一样，都属于犬科动物。犬科动物不仅包括狼，还有狐狸、澳洲野犬、胡狼和郊狼，它们遍布在世界各地。它们的身材都差不多，都有着强壮的四肢和长长的、毛茸茸的尾巴。家狗也是这个家族里的一员，科学家们认为狗是狼的后裔。

赤狐

耳廓狐

北极狐

澳洲野犬
zōng
鬃狼
hé
貉
哈利
非洲野犬及其幼崽

下面是小狼哈利和他的动物朋友们，他们生活在欧洲。你能找到哈利吗？你认识他的动物朋友吗？

蓝山雀
雕鸮
仓鸮
纵纹腹小鸮
灰林鸮
马鹿
树鼠
yuán
羱羊
棕熊
水獭
旱獭
shē lì
猞猁
松貂
臭鼬
豪猪
獾

欧洲
非洲
太平洋
大西洋
印度洋
澳大利亚

老虎

西莉亚

在印度中心的丛林深处，西莉亚一出生，虎妈妈就觉得她有点与众不同。西莉亚喜欢吮吸自己的小尾巴，抱着她的小泰迪猫。事实上，她表现得更像是一只受了惊吓的小猫咪，而不是丛林女王的女儿。

虎妈妈怎么照顾她的宝宝呢？

虎妈妈一般会生两三只虎宝宝，虎宝宝刚生下来时都看不见东西。虎妈妈会把虎宝宝轻柔地衔在嘴里。当虎宝宝大约四个月的时候，可以跟着虎妈妈走一小段路。等它们满一周岁的时候，就能独自外出打猎了。等长到两岁的时候，它们就要离开妈妈独自生活。

老虎一般怎么捕猎？

老虎会盯上它的猎物，也就是它想要捕捉的那只动物。

然后，老虎会躲在高高的草丛里……

对于西莉亚像只胆怯的小猫这回事，虎妈妈决定不再焦虑——等她给西莉亚示范后，西莉亚会学会怎么打猎的。“首先，你必须寻找你的猎物。”虎妈妈认真地说。

再突然猛扑上去！

最后，老虎用它尖锐的爪子和牙齿杀死猎物。

西莉亚发现附近的草丛里好像有什么猎物，但那东西把她吓坏了。西莉亚一下子跳到妈妈的怀里。妈妈感到很疑惑：“到底是什么东西呀？”

哦，不！引起这通混乱的只是一只友好的小老鼠。“现在我们还是不要捕猎了吧。”虎妈妈叹了口气。

老虎有多大呢?

东北虎是体形最大的。成年的雄性老虎接近3.3米长。雌性老虎的体形会稍小一点。

老虎喜欢保持洁净吗?

没错。老虎每天花20个小时来休息，其中一些时间专门用来舔自己的毛发，把自己收拾得干干净净的。

接下来，虎妈妈决定给西莉亚上一堂游泳课。不过这堂课进展得也不顺利。西莉亚跟她所有的老虎表亲都不一样——她竟然怕水!

老虎真的喜欢水吗？

是的。其他猫科动物都不喜欢水，但是老虎喜欢！天气热得不行的时候，它们喜欢躺在小溪或者池塘里来凉快凉快。它们还是游泳健将哦！

虎妈开始意识到如果想让西莉亚变得勇敢起来，她得找些帮手了。于是她把她所有的朋友都请来喝茶聊天。当这些丛林动物们知道是什么麻烦之后，都摇摇脑袋，十分忧虑。

他们最后提议：“你最好去向老智多星请教一下。”

懒熊　布赖恩
亚洲象
普里亚夫人
眼镜蛇
达克什
树鼩　艾伦
猪獾　约翰

斑鹿
奇塔先生、
布丽塔和
西比
黑豹　布拉吉
鹳　巴拉特
虎妈妈
印度犀牛
阿比盖尔
西莉亚
獴　吉瓦
猕猴　巴尔拉姆和马杜

老虎吃什么？

通常来说，它们吃体形比较大的动物，比如野水牛、野猪、羚羊和鹿。但是有的时候它们也会抓点小一些的动物，比如猴子、灵猫和豪猪。当它们想吃零食的时候，也会把鱼、青蛙、螃蟹、蜥蜴或蛇当成小点心来吃。

虎妈妈和西莉亚需要爬一块高高的岩石，一直爬到最顶端。在那里，她们可以看见老智多星的住所——猴寺。

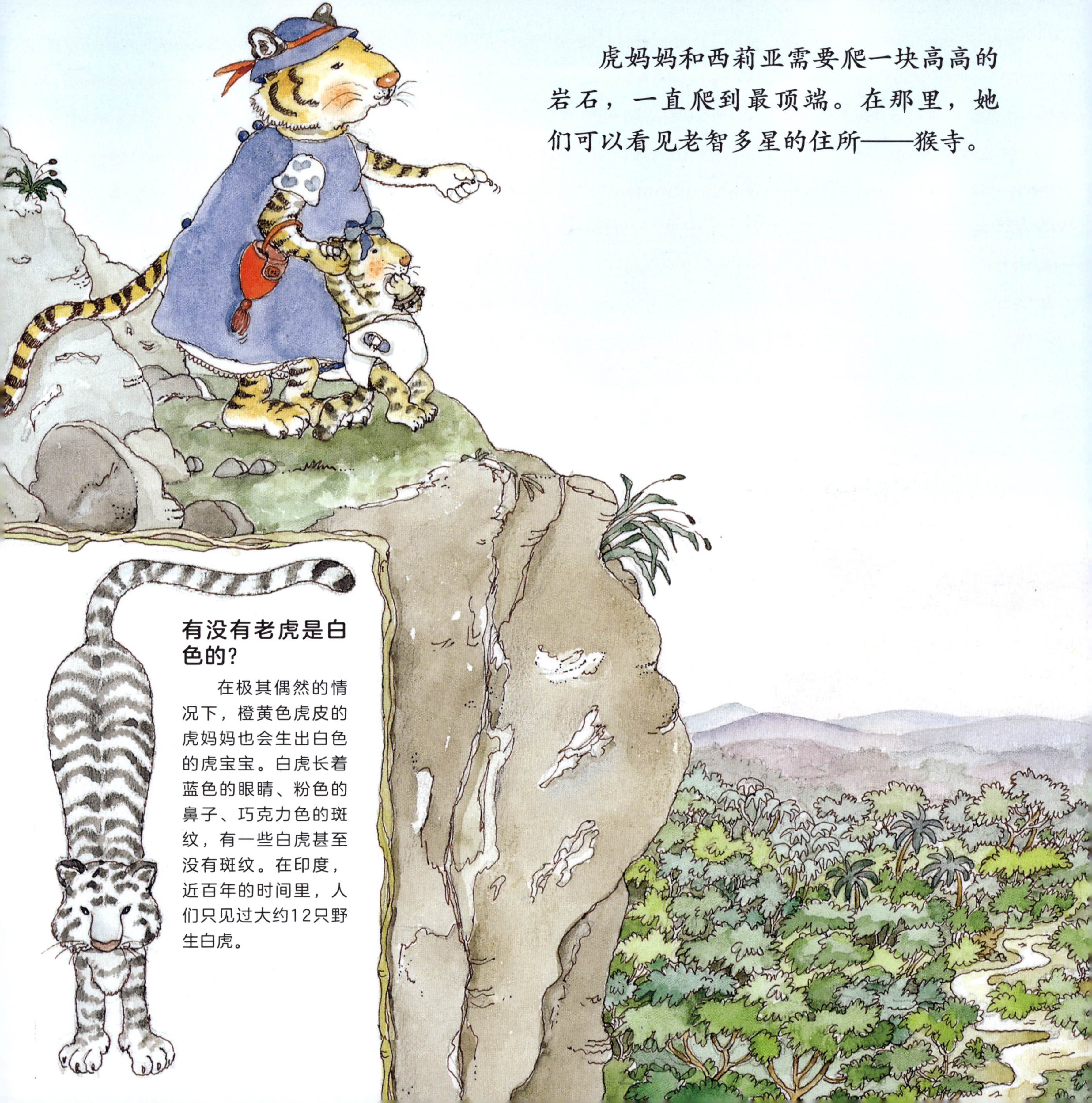

有没有老虎是白色的？

在极其偶然的情况下，橙黄色虎皮的虎妈妈也会生出白色的虎宝宝。白虎长着蓝色的眼睛、粉色的鼻子、巧克力色的斑纹，有一些白虎甚至没有斑纹。在印度，近百年的时间里，人们只见过大约12只野生白虎。

世界上有多少种老虎？

世界上的老虎只有1种，但是分为9个亚种，现存6个亚种。它们分别是孟加拉虎、印支虎、东北虎、华南虎、马来虎以及苏门答腊虎。可就连这些老虎也濒临灭绝，保护它们对人类来讲非常重要。现在有很多组织都在努力地保护它们。

老虎生活在世界上的哪些地方？

老虎生活在印度、中国、印度尼西亚，以及俄罗斯的部分地区。有一些老虎生活在热带雨林里，也有的生活在寒冷的山林里，其他的则是住在潮湿的红树林沼泽里。

当她们到达猴寺的时候，太阳已经快要落山了。老智多星听老虎妈妈说完，就给了她一些建议。

“等到小姑娘找到一个好朋友之后，一切都会好起来的。”老智多星充满智慧地说道。

第二天清晨，虎妈妈为了准备早餐，很早就外出觅食了。西莉亚睡醒后发现家里只剩自己了，她从床上跳下来，冲到外面去找妈妈。

但是，西莉亚直接掉进一个大洞里了！这个惊吓可真是太大了！

这可不是什么普通的旧洞穴。这是猎人设下的捕兽陷阱。

这下子，西莉亚是真真正正地被困在洞里了！幸运的是，犀牛宝宝莱诺看见了这一切。不过，他能帮上忙吗？

莱诺拿来一根绳子，用尽力气才把西莉亚拉了上来。

西莉亚邀请莱诺去家里玩，莱诺欣然同意。他们一边玩耍，一边等着虎妈妈带早餐回来。

一天傍晚，虎妈妈鼓励西莉亚主动去找莱诺一起玩耍。西莉亚和莱诺都很高兴，他们在丛林里玩得很开心。

老虎是怎么让它们的爪子保持尖锐的？

为了磨尖爪子，它们会去抓挠树干。当它们走路的时候会把爪子缩起来，这样就不会弄伤锋利的爪子了。

说起来，正是因为西莉亚沉浸于开心的游戏中，不知不觉就把捕猎和游泳都学会了。有好朋友莱诺在身边，她再也不害怕了。

为什么老虎会有条纹呢？

有了条纹，在捕猎的时候，它们就可以躲在高高的草丛里了。条纹让它们看上去乱乱的，身体的轮廓没那么明显。世界上，没有两只老虎拥有完全相同的花纹哦！

虎妈妈高兴地看着西莉亚和莱诺一起玩耍。关于友谊，老智多星果然说对了。现在，西莉亚都可以玩一些非常冒险的游戏了呢！

你知道吗？

所有的猫，不管是大猫还是小猫，都是属于一个家族的。大部分的猫科动物，除了狮子以外，都喜欢在晚上独自捕猎。老虎、狮子这种大猫和家猫这种小猫之间，最大的区别在于小猫只能咕噜咕噜地小声叫，而大猫可以嘶吼。

虎猫
猎豹
美洲豹
西莉亚

这里是西莉亚和她新交的朋友们。他们住在亚洲。你能认出他们吗？

长臂猿
孔雀
蝙蝠
双峰驼
亚洲象
蟒蛇
丹顶鹤
黑豹
猫鼬
西莉亚
仓鼠
巨蜥

委内瑞拉
圭亚那
苏里南
法属
圭亚那
哥伦比亚
大西洋
厄瓜多尔
巴西
秘鲁
玻利维亚
太平洋
乌拉圭
智利
阿根廷

食蚁兽

乔希

这是南美洲草原的一个阳光灿烂的早晨，乔希和他的妈妈正在吃早饭。

今天对于乔希来说是非常特别的一天。在遥远的安第斯山有一个很大的集市，妈妈答应带他去逛逛。

食蚁兽吃什么？

当然是吃蚂蚁了！除了蚂蚁，它们也吃白蚁。在草原上，可以看见很多高高的土丘，那就是蚂蚁和白蚁的窝。一只食蚁兽每天可以吃掉3万只蚂蚁及虫卵。

食蚁兽的舌头有多长？

食蚁兽的舌头长达60厘米！食蚁兽在土丘的洞口处来回搅动舌头，蚂蚁就会粘在它的舌头上。

从草原到山上要走一段漫长而危险的道路。在爬过陡峭的山坡之后，乔希和妈妈便能看到深谷另一边的集市了。要想到达那边，他们还必须走过一段摇摇摆摆的绳索桥。

食蚁兽怎么把宝宝带在身边呢？

食蚁兽妈妈把宝宝背在背上。如果宝宝从妈妈的背上掉下来，它们会尖叫一声，让妈妈知道。

在安全通过绳桥之后，他们终于来到了热闹的大集市。这里的空气中飘满了新鲜出炉的蜂蜜蚂蚁馅饼的甜香。还有一阵阵悠扬的笛声环绕着他们。乔希让妈妈给他买了一支长笛。

第二天在学校里，乔希把长笛拿给他的朋友们看。大家全都挤在乔希身边，听他轻柔地用鼻子吹响长笛。但是，乔希最好的朋友犰狳（qiú yú）迪洛却不在场，因为他生病了。

这些奇怪的动物都是谁？

和食蚁兽一样，长着鳞片的穿山甲和有着驴耳朵、猪鼻子的土豚也喜欢吃蚂蚁和白蚁。但是它们生活在离食蚁兽很远的地方。穿山甲生活在非洲和亚洲，而土豚只生活在非洲。

放学之后，乔希跑去探望他的朋友迪洛。犰狳们生活在紧挨着雨林的平原或者草原上。

为什么食蚁兽总是在闻闻嗅嗅？

食蚁兽的视力不是很好，所以它们用鼻子来找东西。如果它们在地面上东闻闻西嗅嗅，那就是它们不知道该往哪儿走，正在用鼻子找路呢。

乔希先向犰狳妈妈问好，还给她看了看自己的长笛，然后便送上了礼物——满满一篮子的糖果点心，这是乔希妈妈专为迪洛一家准备的。

迪洛

迪洛正躺在床上，他身体很不舒服。乔希用长笛给他吹了一首曲子，不过乔希吹得还不是很好，时不时会跑调。迪洛笑得咯咯的，乔希吹奏的曲子让他感觉好多了。

雨林是什么？

雨林是一片温暖而潮湿的丛林。在那里，大树遮盖着小树，重重叠叠，一年四季几乎每天都在下雨。成千上万只动物居住在那里：有猴子、吱吱叫的小鸟、巨大的蟒蛇，还有让人看了起鸡皮疙瘩的小爬虫。

傍晚来临了，乔希向犰狳一家挥手道别。然后，他走进了雨林，想快点赶回家。

为什么食蚁兽走路的姿势那么笨拙呢？

食蚁兽的前爪长而弯曲，它们在行走时没法放平前掌，只好用指关节撑着走路，这样子走起路来就显得十分笨拙了。

在嘈杂的雨林里，无论是树上还是地面上，都能看见各种不同的动物。乔希感觉很不舒服，他努力不让自己被大树根绊倒，还得小心着不要走进那些从树枝上垂挂下来的藤蔓里。

巨嘴鸟　蒂莉和托特
侏食蚁兽
斯特凡诺
蜂鸟
赫默和巴兹
美洲豹　吉利
刺豚鼠
阿诺尔
和
阿图诺

二趾树懒
奥拉齐奥
金刚鹦鹉
菲利波
鹦鹉
佩德罗
蝙蝠
巴里
小食蚁兽　蒂莫
乌龟
胡安

突然，一条巨大的森蚺从沼泽地的水里爬了出来，把乔希吓了一大跳。他撒腿就跑，能跑多快就多快！

食蚁兽能不能迅速地移动？

通常情况下，食蚁兽都是拖着脚慢慢地走路。但是，当它们被吓着的时候，它们也可以跑得很快。

这时，一只凶猛的老鹰伸着尖锐的爪子，从空中冲了下来。乔希差点就被抓住了。

食蚁兽会游泳吗？

会，它们可是游泳健将。它们经常泡在宽阔的南美洲亚马孙河里，游来游去。

慌乱之中，乔希竟然直接冲向了一只凶恶的、正在吼叫的美洲豹。他被吓晕了，一下子跌倒在地上。现在谁能来救救他呢？

真幸运啊！乔希抬起头来，激动地发现他的妈妈正对着那只美洲豹挥舞着她尖锐的爪子。妈妈出来找他了！乔希从来没见妈妈这么凶猛过。美洲豹害怕地走开了。

食蚁兽用它们的爪子来干什么呢？

如果食蚁兽感到了威胁，它们就会站立起来，用又长又尖的爪子来保护自己。它们也会用爪子扒开蚁穴觅食。

食蚁兽睡得很多吗？

是的。食蚁兽在晚上睡觉，但它们睡得不沉，一点点声音就会吵醒它们。因此它们在白天会经常打盹儿。食蚁兽喜欢把身体蜷起来，用长长的、毛茸茸的尾巴盖住自己，舒舒服服地睡觉，这样还不会着凉。

在回家的路上，乔希已经累得走不动了，妈妈只好背着他。乔希很快就睡着了，而且一下子就梦到了新鲜出炉的、香香脆脆的炸蚂蚁。

三趾树懒

二趾树懒

你知道吗？

食蚁兽、树懒和犰狳分属于三个长相差别很大的家族。但是，它们是血缘很近的亲戚，因此也有很多共同点。

九带犰狳

巨犰狳
（又称大犰狳）

倭（wō）犰狳

侏食蚁兽
小食蚁兽
乔希
披毛犰狳

乔希和他的动物朋友们都在这里了，他们生活在南美洲的中心地带。你认识乔希的哪些朋友呢？

蜂鸟
树豪猪
小食蚁兽
骆马
大羊驼
蜘蛛猴
蓝黄
金刚
鹦鹉
毛丝鼠
美洲豹
乔希
美洲鸵
倭犰狳
巨犰狳
森蚺
陆龟
箭毒蛙

西班牙
地中海
红海
非洲
大西洋
印度洋

小象

莉齐

在非洲大草原上，有一片郁郁葱葱的金合欢树林。树林里，大象奶奶正给大家倒茶喝。这时，大象妈妈和大家分享了一个好消息，原来大象妈妈又要迎来一个小宝宝了！大象妈妈的女儿克洛艾就要做姐姐了，可是她现在还不懂这些，她正开心地用嘴吮吸自己的长鼻子呢。

大象宝宝真的会吮吸它们的鼻子吗？

没错。和人类的小宝宝喜欢吮吸自己的手指一样，大象宝宝喜欢吮吸它们的鼻子。

雌性大象真的会以群体的方式生活在一起吗？

是的。它们由一位年长的雌象担任首领，带领着大家以家族聚居的方式生活在一起。这些母象互相帮助，共同保护和抚养孩子。

不久后的一个雨天，大象妈妈要生宝宝了。大象奶奶为待产的大象妈妈撑起了一把伞。

芙洛阿姨、福洛拉阿姨以及其他姑娘们都聚在大象妈妈的身边，随时准备着帮忙。

象宝宝终于出生了，是个女孩儿！大象奶奶很高兴。克洛艾知道自己有了妹妹，也兴奋极了。大象妈妈轻轻地抱着小宝宝，温柔地说：“就叫你莉齐吧！”

大象宝宝都是在什么时节出生的？

它们通常是在雨季出生。因为雨季时，草原上青草鲜嫩，能为大象妈妈提供充足的食物。

几天后，大象奶奶和大象妈妈带着莉齐和克洛艾来到灌木林里。她们指导姐妹两个如何辨认能吃的植物以及如何用长鼻子卷东西吃。莉齐很快就学会了如何使用她的长鼻子。奶奶还警告她们要小心有毒的植物和危险的动物。

大象吃什么？

它们吃青草、树叶、嫩枝、花朵、果实和树皮。它们用长鼻子采集食物，还用长鼻子把食物送到嘴巴里。

大象会洗澡吗？

会。大象的皮肤非常敏感，凉凉的清水能让它们感到很舒服。它们喜欢先在泥潭里打几个滚儿，然后用鼻子吸满水，再喷洒在自己或朋友的身上！

它们也会用尘土洗澡吗？

没错。尘土能让它们的肌肤感到舒爽，还能赶走身上的虱子和跳蚤。

每天，莉齐和家人都会一起去小池塘喝水、洗澡。莉齐跑在最前面，直接跳进了水里。福洛拉阿姨总是带着她的化妆箱，为了帮小姑娘们洗干净，她还带了一把硬毛刷。

正在用尘土洗澡的芙洛阿姨
福洛拉阿姨
佐伊
莉齐

池塘边不只有大象一家人。每到日出和日落时，几乎所有的动物都会聚集在这里喝水、聊天儿。

长颈鹿
福洛拉
长颈鹿
温斯顿
犀牛
范妮和戴夫

洗过澡后，莉齐就从大家身边走开了，她想去摘些野花。她一边走，一边哼着歌儿。她追着美丽的蝴蝶，不知不觉就走进了灌木林的深处。

当大象穿过灌木林的时候，小鸟为什么喜欢跟着它们？

因为当大象走动时，庞大的身躯会惊动一些昆虫，而这些昆虫恰恰都是鸟儿的食物。

回家后，大家发现莉齐不见了，都特别担心。莉齐这会儿能在哪里呢？大象妈妈发出悠长而低沉的声音，不停地呼唤她的小女儿。

大象真的会互相呼唤吗？

是的。相隔很远的大象可以用低沉的声音互相呼唤。这些声音的频率非常低，人类的耳朵是听不到的。

大象之路是什么？

大象之路是一条由大象在灌木丛里开辟出来的非常宽阔的路。它们一代接着一代，都会走同一条路，大象之路也因此变得更加坚实、更加明显。

但是，莉齐离家人们实在太远了，她听不到妈妈的呼唤声。此刻，她正背靠着一块大岩石休息呢。她用美丽的花瓣装饰自己的脚指甲，还和小鸟们聊天儿，早把时间给忘了。

小鸟们为什么喜欢坐在大象的背上呢?

因为像牛背鹭、牛椋鸟这样的小鸟坐在大象的背上，能从大象厚厚的皮里啄食小昆虫和寄生虫。

很快天就黑了，莉齐想回家，却发现迷路了。突然，莉齐看到一头巨象向她走来，沉重的脚步声把大地都震得颤抖起来。莉齐感到非常害怕，吓得不敢抬头。可是巨象却说道：“你是莉齐吧！我是你的爷爷。有一只小鸟告诉我，你妈妈正到处找你呢。”

莉齐开心极了！她蹦蹦跳跳地跟在爷爷身边，一起往家走。走着走着，大象爷爷突然停了下来，他用拐杖指了指路边的一堆白骨说：“莉齐，你看，这是你曾祖母的遗骨。她是一位出色的领袖。你一定要多向她学习，别再一个人乱跑了。”

大象真的能辨认同类的遗骨吗？

是的！当大象看到同类的遗骨时，常常会停下脚步，用鼻子触碰这些遗骨，有时还会把它们抛向空中。

当大象爷爷和莉齐终于回到家时，他们看到大象妈妈、芙洛阿姨和福洛拉阿姨紧紧围成一圈，保护着克洛艾和佐伊。

原来是一头狮子躲在不远处的灌木丛里。而大象奶奶正勇敢地一边向那狮子挥舞着她的雨伞，一边大喊：“走开！别靠近我们！”

大象爷爷立刻加入了战斗。他向狮子冲了过去！他一边低吼着，一边挥舞着他的拐杖。狮子这下害怕了，并飞快地逃走了。

qiāng láng

蜣螂在做什么呢？

它们在滚粪球。大象吃下的种子会随着粪便一起排泄出来。而蜣螂会把这些包裹着种子的小粪球带到地下，然后这些种子就可以生根发芽了。

大象真的会互相摩擦鼻子吗？

是的。当大象们相遇的时候，它们会靠近对方，把鼻子缠绕在一起来问好。它们还喜欢时不时地用象鼻轻轻地拍拍对方，互相安抚。

看到莉齐安全回来，大家都很高兴，他们决定举行一场家庭派对。大象爷爷和大象奶奶已经有很多年没有见过对方了，他们把长鼻子缠绕在一起，彼此问候。

你知道吗？

世界上有两种不同种类的大象。一种生活在非洲，被称为非洲象（如上图）；另一种生活在印度和东南亚，被称为亚洲象（如下一页图）。非洲象体形要比亚洲象大，耳朵也大一些，并且非洲象不论是雄性还是雌性都有长牙。

你知道吗？

亚洲象通常只有雄性有长牙。在亚洲，人们会利用一些大象来帮他们工作，比如拖拽木头，或者是充当交通工具。在印度，人们总是给大象穿上颜色鲜亮的衣服，让它们参加宗教游行或盛大的节日庆典。

黑猩猩
长颈鹿
穿山甲
鸵鸟
羚羊
斑马
丛猴
火烈鸟
莉齐
秃鹳
鬣狗
沙漠刺猬
狒狒
鳄鱼

莉齐和她的朋友们都生活在非洲。你能找到莉齐吗？你能认出她所有的朋友吗？

巴布亚新几内亚
帝汶海
澳大利亚
塔斯马尼亚岛

袋鼠

巴斯特

有一天清晨，在澳大利亚内陆深处，巴斯特已经等不及要跳进妈妈安全、温暖的育儿袋里了。他每天都这样做，但是这一次，袋鼠妈妈却阻止了他。“别这样，巴斯特，你已经是个大男孩了！”她说，“而且，很快你就要有一个妹妹了，她现在正在我的育儿袋里慢慢长大哦。”

袋鼠宝宝真的是在妈妈的育儿袋里成长的吗？

是的。小袋鼠们刚出生的时候，它们很弱小，也很无助。小家伙们只能爬进妈妈的育儿袋里，那里更安全也更温暖。它们是喝妈妈的奶水长大的。

它们会在育儿袋里待多久？

几个月。不过，即便离开了育儿袋，它们仍然要喝妈妈的奶。

巴斯特对妈妈生起气来，他也讨厌妹妹了，尽管他还没有见到她。他想起以前的时光，妈妈总会把他放在安全的育儿袋里，然后带着他跳跃着穿过大沙漠。

什么是袋鼠群？

袋鼠群是指多只袋鼠在一起共同生活而形成的大群体。并不是所有袋鼠都跟袋鼠群一起生活，但是较大种类的袋鼠一般都会成群生活。

待在育儿袋里的日子是多么有趣。那时候的巴斯特喜欢笑嘻嘻地向袋鼠群里的小伙伴们招手。

而且，那时候的巴斯特和妈妈总是形影不离。雨季到来的时候，干燥的沙漠里到处是柔软的嫩草和美丽的鲜花。

妈妈会告诉巴斯特哪种嫩草最好吃。就这样，他懂得了如何挑选最美味的食物。

袋鼠吃什么？

大部分袋鼠吃青草、树叶、树根、种子和果实。它们当中，有一些袋鼠也会吃昆虫。

袋鼠是怎样前行呢?

袋鼠有着强大有力的后腿，它们用后腿跳跃着前进。在全速前行时，它们的速度可以达到每小时56千米。

可是现在，巴斯特不得不独自面对一切。他感到非常难过。袋熊罗布和蒂娜想要安慰他，可是就连他们也不能让巴斯特高兴起来。

这时，巴斯特有了主意。“我知道了！我要离家出走！”他对罗布和蒂娜说道。罗布和蒂娜还没来得及阻止他，巴斯特就已经把东西装进背包，用最快的速度跑掉了。

巴斯特不断地向前跳啊、跳啊，他穿过了灌木丛，越过了大草地，来到了火红火红的大沙漠。但是内陆是一片很大很大的土地，仿佛永远也没有尽头。

巴斯特不知道自己的终点在哪里。半路上，他遇见了鸸鹋一家，但是他觉得自己还是继续前行比较好。

接着，巴斯特又遇见了许多他从来没有见过的沙漠动物。有一只蜥蜴的脖子周围有一大圈伞状褶皱，而另一只蜥蜴则是浑身带刺。

蜥蜴和其他几个动物朋友都想问问巴斯特想去哪里。但是，还没等他们把他叫住，巴斯特就跑得远远的，消失在他们的视线中。

袋鼠怎么清洁身体呢？

袋鼠有时候会到水里去，但是它们这么做只是想凉快凉快，而不是洗澡。它们会用前肢的爪子来清洁自己，清除身上的寄生虫，也会用爪子来梳理毛发。

当巴斯特来到一个小水塘的时候，天色已经有点晚了。这里有很多鹦鹉在喝水、聊天儿。巴斯特先友好地向这些小鸟们问好，接着便加入他们，一起喝水、聊天儿。

袋鼠怕什么动物？

除了人类之外，袋鼠只怕澳洲野犬和老鹰。澳洲野犬是一种野狗。

巴斯特已经连续地跳了一整天了，他感到很累很累，就靠着一块温暖的岩石躺下了。这时，一群调皮的小蝙蝠们围着他飞来飞去，但是巴斯特没有理他们。他得好好睡一觉，他决定去找他的格雷表哥，明天还要走很远很远的路呢。

第二天清晨，巴斯特早早地便出发了。他在路上遇到了一群友好的树袋熊，他们邀请他到桉树屋上吃早点。

巴斯特坐在树枝上，小口小口地抿着茶。突然，他的鼻子不舒服地抽搐了一下：“这是什么奇怪的味道啊？”

是烟！桉树着火了！动物们都很惊慌，开始四处逃窜。他们飞的飞、跳的跳、爬的爬，快速地逃离浓烟和火海。巴斯特也用最快的速度逃命。

山林里发生火灾后会变成什么样子呢？

澳大利亚的山林经常发生火灾，当地的大多数植物经历大火后一般都能生存下来。这是由于火焰穿过这些树木的速度非常快，只会烧到叶子。等几个月之后，树木又会枝繁叶茂了。

巴斯特和朋友们很快就跑到一条小溪边。巴斯特跳进清凉的溪水里。这时，风向变了，火焰被吹向了另一个方向。现在，大家安全了，巴斯特也交到了更多的新朋友，其中就有鸭嘴兽特伦斯和特雷莎一家。

巴斯特很快便又启程了，他在树林里穿行了很久很久。突然，他听见一阵吵闹的打斗声。他躲在一棵树的后面偷偷地看过去，原来是两只袋鼠正在进行一场拳击比赛，而其中一只正是他的表哥格雷！

“嗨，表哥！”巴斯特喊道。巴斯特和格雷表哥紧紧地拥抱在一起。“巴斯特，快跟我回家吧！”格雷表哥热情地说。

袋鼠真的会拳击吗？

是的。雄性袋鼠有时会为了雌性袋鼠打起来。它们先面对面站好，然后扭住对方的前肢，用尽全力把对方往后推。这就是袋鼠的“拳击比赛”。

格雷把手搭在巴斯特的肩上，他们一边欢快地聊天，一边往家走。

袋鼠是怎么互相交流的？

袋鼠不是很喧闹的动物。成年雄性袋鼠在打斗的时候会发出“嘶嘶”声，还会吐口水。成年雌性袋鼠会发出“啧啧”声来呼唤它们的孩子。

当他们快到家时，他们听见袋鼠群里传来一阵欢快的聊天声。将会有怎样的惊喜等着他们呢？

原来巴斯特的妈妈来找他了！他的小妹妹也从妈妈的育儿袋里探出了头来。“妈妈，我好想你啊！还有妹妹！”巴斯特一边说着一边扑向妈妈的怀抱。巴斯特实在太高兴了！袋鼠妈妈也非常高兴，她紧紧地搂着巴斯特，一家人终于又团聚了。

负鼠

袋熊

巴斯特

你知道吗？

小袋鼠巴斯特和所有的袋鼠一样是有袋动物。雌性有袋动物和其他动物差别很大，因为只有它们的肚子上有育儿袋。大部分的有袋动物生活在澳大利亚和新西兰。只有一两种生活在美洲，主要分布在南美洲。这两页上所有的动物都是有袋动物。

袋食蚁兽

袋獾

鼠袋鼠
袋狸
树袋熊（又称考拉）
蜜袋貂
沙袋鼠
袋鼹

这里是巴斯特和他的一些动物朋友。他们生活在澳大利亚、新西兰和巴布亚新几内亚。你能从中找到巴斯特吗？你能认出他所有的朋友吗？

凤头鹦鹉
天堂鸟
蜜袋鼯
鼯鼠
树顶袋貂
灰袋鼠
鹤鸵
鹦鹉
原针鼹
（又称长吻针鼹）
斑袋鼬
yù tuó
鹬鸵
（通称几维鸟）
huì
喙头蜥
鳄鱼
袋鼬
袋獾

南极洲
南极

企鹅

鲍勃

企鹅真的是鸟类吗？

没错，它们确实是鸟类。它们全身都覆盖着羽毛，却不能飞。企鹅生活在寒冷的南大洋海岸边。

每年秋天，帝企鹅都会踏上向南的漫漫长路，向南极附近的聚集点进发。他们跨越冰山雪地，不断前行。艾尔弗雷德已经参加过好多次这样的迁徙活动了，但是今年的这一次让他感觉格外疲劳。“我真是老了，不再适合这样的长途跋涉了。”他对自己说。但是没过多久，他便再次起身赶路了。

终于，企鹅们到达了他们的聚集地。一场盛大的企鹅派对就要开始啦。漫长的旅途过后，能够和老朋友们见面是件多么开心的事情啊。突然，艾尔弗雷德看见了一位非常特别的朋友。

为什么帝企鹅要走这么远的路？

因为帝企鹅要去繁殖地，它们会为此在冰面上行走100多千米。等到达目的地之后，雌性企鹅会挑选一只雄性企鹅来当作配偶。这样，它们就一起组建了一个家庭。

是福洛拉！她披着一条紫色的披肩。艾尔弗雷德觉得她看起来比去年这个时候更加美丽动人了。他太激动了，以至于把手里的酒都给洒了。然后，他便愉快地吹起了口哨，希望福洛拉还没有忘记这些特殊的旋律。

帝企鹅会筑巢吗？

不会，但是它们会用另一种方式给企鹅蛋保暖。雌性企鹅生产之后，它们会把企鹅蛋交给雄性企鹅。然后，雄性企鹅把蛋安置在自己的脚掌上，再用自己皮肤的褶皱覆盖住它。脚掌之上、肌肤之下的这片空间叫作孵卵袋。这时候，雌性企鹅就可以去找东西吃了。等企鹅蛋孵化之后，雄性企鹅会把小企鹅交还给它的配偶。

艾尔弗雷德对着福洛拉又是彬彬有礼地鞠躬，又是一个劲儿地点头，一心想吸引她的注意。一开始，福洛拉还心不在焉地看向别处，但是很快她也开始鞠躬了，两个人便摇摇摆摆地开始一起散步。艾尔弗雷德高兴极了，福洛拉终于选了他做配偶！不久之后，福洛拉产下了一个企鹅蛋。这对帝企鹅夫妇就要迎来他们的帝企鹅宝宝了！

当小企鹅破壳而出后，福洛拉和艾尔弗雷德决定给他起名叫鲍勃。他们轮流照看着鲍勃，轮流走很远的路去海边抓鱼。这样，他们就都有充足的力气，不至于太过劳累。

帝企鹅一次会产几个企鹅蛋？

一只雌性帝企鹅每年只产一个蛋，通常是在五月或者六月的时候。帝企鹅的蛋大约有13厘米长。

小企鹅怎样保暖呢？

小企鹅刚出生的几周里，为了保暖，它们的身上会长出一层厚厚的、毛茸茸的绒毛。等它们大约七周大的时候，这些灰溜溜的绒毛便会褪去，开始长出成年企鹅的羽毛来。

可怜的小鲍勃冷得瑟瑟发抖。他的妈妈说怕冷是一件非常不幸的事情。毕竟，他们可是住在全世界最冷的地方啊！

话虽这么说，福洛拉还是很心疼她的孩子。她给鲍勃披上了一条毯子，可是作用不大，鲍勃还是很冷。她该怎么做才能让鲍勃暖和一些呢？她冥思苦想，终于有了一个好主意！

福洛拉决定给小鲍勃织一套暖和的衣服。她先织好了一件完美的连体衣，接着开始织一条又长又厚的围巾。鲍勃在一旁给妈妈帮忙，这样就能快些把围巾织好。

现在，鲍勃成了整个族群里穿得最暖和的小企鹅了！

企鹅怎么喂它们的孩子呢？

帝企鹅父母会轮流外出捕鱼，有时也抓其他的海洋生物。它们会自己先吃掉一些，剩下的就存放在食管里的一个小袋子里。等到喂宝宝的时候，再把这些食物从小袋子里送进喉咙，然后从喉咙里吐出来喂给小企鹅。

帝企鹅的体形有多大呢？

帝企鹅宝宝都很小，但是等它们长大了，就会变成所有企鹅种类里体形最大的企鹅了。成年帝企鹅能够长到1.2米高，体重达到34千克或者更多。

福洛拉给鲍勃织亮绿色的围巾是有原因的——可以让她在一大群企鹅里很快就能找到鲍勃。今天发生的事情可真不少，鲍勃现在在哪里呢？

啊，鲍勃在那里！在游乐场里！每个企鹅宝宝看起来都非常开心，但是为什么只有鲍勃躲在滑梯底下呢？

原来鲍勃是因为很害羞才躲起来的。虽然他的父母一直在鼓励他，但是鲍勃仍然是一只非常害羞的小企鹅，到现在都没有交到一个朋友。

当鲍勃像往常一样藏在角落里的时候，一场暴风雪来临了。家长们都外出捕鱼了，企鹅宝宝们不得不抱在一起取暖。但是鲍勃来晚了，他被挤到了企鹅群的最外边。那里真的好冷啊！好在他戴了他的绿围巾。

羽毛是怎么帮助企鹅保暖的呢？

企鹅长着短短的、中空的羽毛。这些羽毛有些弯曲，这样就可以一片紧挨着一片，像屋顶的瓦片一样重叠在一起，形成一层防水层。跟大多数的鸟比起来，企鹅的羽毛算是多的，并且每年还会长出一些新的羽毛。

企鹅们真的会抱在一起吗？

帝企鹅会这样做。它们围抱在一起取暖、抵御寒风。它们会轮流站在最外层的地方。

暴风雪结束以后，鲍勃觉得暖和些了。刚刚一起抱团取暖的时候，鲍勃认识了一些新朋友，现在他们在一起玩得很开心。但是，鲍勃并不是很会玩游戏，他走得离悬崖的边缘太近了。突然，他便发现自己头朝下，向海里摔去了！

企鹅是游泳健将吗？

没错，它们都是游泳健将，游得又快又好。它们游泳的时候，会拍动脚蹼来加速，而脚掌就像船舵一样，控制着它们前进的方向。企鹅们可以潜入非常深的海底，即便是在水下，它们也能看得非常清晰。

鲍勃掉进了水里，激起了很大的水花。在这以前他还没学过游泳呢，但这一次，他必须赶紧学会！这时，一头巨大的豹形海豹径直向鲍勃游去。其他企鹅看到这一切，都感到非常害怕。“那只小企鹅用来当零食吃一定特别美味。”海豹心想。谁能来救救鲍勃呢？

一个聚集地里有多少只企鹅？

在一个帝企鹅聚集地里，能有20000多对企鹅。雄性企鹅和雌性企鹅为了繁衍后代，会在聚集地里寻找配偶。这样的聚集地被称为繁殖地。

鲍勃真幸运！正在悬崖上休息的海燕动作可比豹形海豹快多了。这只大鸟迅速地飞了下来，一眨眼的工夫就救起了鲍勃。

什么鸟会攻击企鹅呢？

　　贼鸥。它们会试图抢走小企鹅，甚至还会袭击成年企鹅。南极贼鸥，顾名思义就是会跋山涉水、一路飞到南极的贼鸥。

豹形海豹会捕食哪些动物？

　　豹形海豹住在浮冰的边缘，在那里它们可以捕捉到企鹅、小海豹、海鱼和鱿鱼。

可怜的小鲍勃已经累瘫了。不过，看到他安然无恙，所有的企鹅都松了一口气。

又到夏天啦！企鹅、海豹、海鸥等各种动物都来到了南极海岸，享受着日光浴。鲍勃终于不觉得冷了，这让他的妈妈感到很高兴。虽然几个月后，他们还会踏上一路向南的漫漫长路。但是，在眼下这阳光灿烂的日子里，企鹅们才不愿意去想这件事情呢！

白颊黄眉企鹅

你知道吗？

鲍勃是一只帝企鹅。帝企鹅仅仅是许许多多的企鹅种类中的一种。在这里，你将认识另外五种企鹅。哪一种企鹅体形最小呢？没错，当然是小蓝企鹅了！

帝企鹅和宝宝

阿德利企鹅

鲍勃

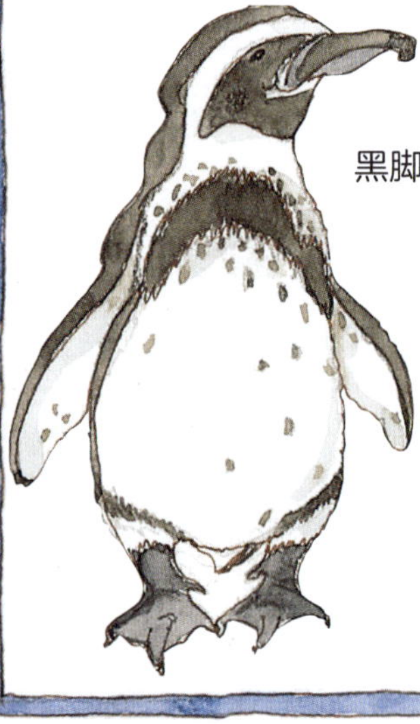

黑脚企鹅

小蓝企鹅

帽带企鹅（也称纹颊企鹅、南极企鹅）

有没有其他的鸟和企鹅一样不会飞？

有的，这种不会飞的鸟还有不少。在这里，你可以看到一些。鸵鸟生活在非洲，和它有些相似的鸸鹋生活在澳大利亚，而美洲小鸵则生活在南美。鹤鸵来自新几内亚。其他三种鸟都住在新西兰，其中的鹬鸵则是这个国家的象征。

下面是鲍勃和他的朋友们。他们都居住在南极区，在南极点附近，地球的最南端。你能认出鲍勃所有的朋友吗？

蓝鲸
信天翁
阿德利企鹅
虎鲸
南象海豹

小测试

你还记得故事里出现过的这些动物朋友吗？顺着这些线，你就能找到它们的名字。

北极狐
巨狨狳
鸵鸟
眼镜熊
三趾树懒
袋熊
树袋熊
狮子
虎猫